令和川柳選書

木屑の夢

田中堂太川柳句集

Reiwa SENRYU Selection
Tanaka Douta Senryu collection

新葉館出版

令和川柳選書

木屑の夢 ■ 目次

令和川柳選書

木屑の夢

Reiwa SENRYU Selection 250
Tanaka Douta Senryu collection

青春つまみ食い

木屑から夢がうまれる道具箱
先生が好きで算数好きになる
ユーチューブちょっと青春つまみぐい

ブランコをこいで大山下に見る
キャッチャーの後ろで守るポプラの木
ランドセル明日の日本をつめこんで

おみくじの凶に神社をはしごする

イケメンと同じポーズで電話する

補助輪を取って一年生になる

寺の子も神社の孫もクリスマス

好き好きと何度言えるか砂時計

手づかみの子は顔じゅうでご飯食べ

赤ちゃんの泣き声村の応援歌

楽しさを注文したら夏が来た

縄文の親も悩んだ反抗期

カブト虫君らは山を知ってるか

母さんの握るむすびは丸むすび

新任の教師猫にも声をかけ

青春は紐でくるんで納屋の奥

二センチの段差に悩む車いす

願望は土の匂いのする男

富士山にシロップをかけイチゴ味

旧友にクールな仮面剥がされる

空想がはち切れそうな純情派

手を挙げろピストルからは水が出る
小しゃくにも孫がカーブを投げてくる
幸せの箱は二人で開けました

さあこいと孫と相撲も上がる息
子どもには颯爽とした父でいる
キャラメルのおまけ小さな夢がある

流し雛追っかけていく男の子
いい子だと言われ枠から出られない
失敗を食べて巨大な人になる

校内マラソン並んで走る赤とんぼ

ただいまと仮面を外しまた仮面

泣き虫がわが子励ます父になる

麻痺の子のビーズ通しに光る汗

入学式大きな顔の二年生

欲しいのは豆粒ほどの勇気です

大人にはみんな尻尾が生えている
靴下の穴はあっても飯は食う
久々の雨にカエルとダンスする

赤ちゃんの笑顔笑顔をつくりだす
K点を越えて不思議が解けていく
子どもらを真ん中にして村おこし

赤ちゃんの手の平のゴミ取る至福

トントントントン君の心はいつも留守

豆腐一丁買って帰れとメールくる

ネクタイをして洋食は食べに行く

もみ殻の中に残った青りんご

立たされた廊下で聞いたピタゴラス

よくやったでっかい丸をつけてやる
君の眼にバラ一輪が見えました
初めての一歩に家族沸きあがる

たんぽぽの綿毛と踊るランドセル

決めるのは自分と父は突き放す

雨あがり傘のしずくにボクがいる

子どもらと笑いころげて田植えする

草笛に春が二人を包み込む

ウルトラマンひじタッチして飛んでいく

ラジオ体操あっちこっちで大あくび

先生はほんのり主婦の匂いする

道草が不思議の国へエスコート

フィナーレは心をつなぐ手話の歌

里帰りあっというまの鬼ヤンマ

自信などないがハッタリだけはある

ライバルの息の荒さに猛ダッシュ
夜遊びで学んだことが力水
戦争の仕方ゲームで知っている

スニーカー買って気分はアスリート

ひよこ組大人の傘を差したがる

凛として僕の心にある大樹

イチローを気分だけでも越えたくて
過疎の地に若者たちの声がする
友だちは野山自然は先生だ

夢だけはでっかい方がおもしろい
大器晩成今はたっぷり寝るがいい
かしこうなれかしこうなれとおまじない

Reiwa SENRYU Selection 250
Tanaka Douta Senryu collection

小骨を持ったジャコ

被災地は陛下のかがむ背に和む
ジャコだけど小骨はちゃんと持っている
敵味方一人ひとりに母がいる

生きていく力は足の裏にある

腹割って話しみんなを敵にする

カマキリの動きで妻に立ち向かう

母の日も父の日も無くパンの耳

市役所でうっかり書いたペンネーム

覗かれているかもしれぬ地球人

寝ころんで地球の愚痴を聞いてみる

古里の空気冬でも暖かい

道の駅曲がるきゅうりに味方する

こだわりの野菜こだわる者が買う

原発はなくてもテレビよく映る

コロナ禍が見えないものを見つけ出す

たき火して芋を焼くにも許可がいる

上等な服から虫は食べていく

驚いてしっぽを切って逃げて行く

自然薯のまんま息づく島ことば

船底で船虫になり生きてやる

マイコップ　オンリーワンの意志を持つ

原発を迷わず売りに出す喜劇

雑踏の波に浮き輪を一つおく

結果より内容だねと負け戦

百均で魔法のほうき買ってくる

メダカにも群れに逆らうヤツがいる

資源ごみ読みたい本がそこにある

大漁旗日本海を鍋にする

生活に疲れミミズになって寝る

ワクワクは2ケタまでの宝くじ

生きるため居留守を使う時もある

千匹が尾頭を付けシラス丼

富士山が見えると日本人になる

記念日はハートの皿にモンブラン

幸せの種にたっぷり水をやる

人類が栄えて猿になっていく

新しい年新しい顔になる

あんな奴こんな奴めと薪を割る

思い切り武蔵になって野を駆ける

風の日は柳になって揺れてみる

納屋の戸を開けて燕に宿を貸す

宇宙には仲間がいるに違いない

東北のりんご寡黙で芯がある
ロボットに人間たちが笑われる
本気かと聞けば本気としか言わぬ

賑やかに群れてクジラになる鰯
ぜんまいのブリキの兵が動きだす
太陽を背中に背負ってプチ農夫

出雲路の空気は神様の匂い
イス取りゲームいい奴ばかり抜けていく
白アリに鼻っ柱を食べられる

百歳の母のいびきが色っぽい

よそ者の意見で決まる村おこし

核の傘いらぬ相合傘がある

雄叫びを静かに森は受け止める

生きていれば流れは変わるかもしれぬ

ジャガイモの無口なヤツが肌に合う

町工場の技が宇宙と握手する

限界集落負けず嫌いの米つくり

かさぶたを剝いで本気が立ち上がる

ワンコインさて夕食は何にする
人生ののりしろ少しずれている
太い指泥の混じった汗をふく

いざとなりゃゴキブリだって空を飛ぶ

生きるため悪魔にだってお茶は出す

宍道湖の夕日毛ばりで釣り上げる

ジョークだと笑いながらも言う本音

ふかふかのパンの匂いが袖を引く

タンポポがコップに一つ無人駅

もしキミが魔女であっても構わない
許せぬが俺にも同じ傷がある
ガリバーになって津波を一気飲み

イノシシの知恵と戦う秋がくる

最大の敵も味方も妻である

風評が来るなら来いとマイペース

ステイホーム思考が前に進まない

髪を染め方程式に立ち向かう

地域には医者はいないが寺はある

人間を忘れ金魚と昼寝する
温めた愛がしょっちゅう風邪をひく
ほどほどのなまけ心で生きている

お隣のパンが欲しぃと独裁者
ニュートリノ何度聞いてもわからない
ふところは北北西の風が吹く

戦争を止める魔法が見つからぬ

広葉樹植えて地球の灰汁を取る

ハンバーグ売るように売る戦闘機

言い訳を考えながら急ぐ足

カレンダー希望をもって書く予定

音の無い世界で指が歌いだす

思いやり束ね平和と肩を組む

大統領ハダカですよと誰が言う

外は雨ウクライナへと鶴を折る

ゴキブリが家族のように顔をだす

一押しは土の匂いのするキャベツ

臆病でいい戦争は拒否します

Reiwa SENRYU Selection 250
Tanaka Douta Senryu collection

コンパスでぐるり

わがままも言えて夫婦はさくらんぼ
明日に向け今日を大事に生きていく
コンパスでぐるり私の行ける旅

蚊がきたと妻の額をひっぱたく

還暦を過ぎてもおいらトムソーヤ

熱血も定年という字に勝てず

この靴も去年の方が軽かった
聞きとれぬ分かったふりをして笑う
缶ビール嫌なヤツには振ってだす

ネクタイをハチマキにしてキンニャモニャ
連休はやんちゃじじいでカブに乗る
マンボウになってのんびり空をゆく

畑にも行けずちんたら猛暑の日

妻のグチ紙鉄砲で撃破する

お互いに若い若いと古稀の会

体力が落ちて勝負は口でする

百年が小さな壺に納まった

半音がずれたまんまの五十年

子どもらの帰った後に逆上がり

あれは母鎮守の森に舞う蛍

部屋中を古里にするクラス会

つまずいて寝ている猫に八つ当たり

野良仕事終えてビールの一杯目

止まり木で知らぬ同士の毛づくろい

軽トラの四つ葉マークがぶっとばす

母が逝きお墓参りが旅になる

ズボン下脱いでスポーツジムに行く

太陽の匂いを嗅いで草を刈る

腕まくり孫にどうだと力こぶ

古里の家ビー玉の匂いする

とんちんかんに見える美学が胸を張る

ゆっくりでいい坂道の声を聞く

七十五俺はまだまだ脱皮する

カルピスを飲むと昭和を思い出す

姿見に俺より老けた俺がいる

迷ったら妻の後からついて行く

セクハラと言われぬようにハグをする

若者とタッグを組んだ夏祭り

水たまり超えて小さなVサイン

狂い咲き何とでも言えおらが春

誕生日じいさんの鶏一羽減る

だらしなく靴のかかとを踏んで出る

手術跡記念碑として生きている

俺だって金の卵の一個です

しみじみと自分と向かう洗面所

古稀だからピンクのシャツでジャズダンス

音符など読めぬが歌は唄えます

虫干しに力道山の記事を読む

転調も破調もあってマイライフ

古里をけなすヤツとは付き合わぬ

ご趣味はと聞かれパチンコとも言えず

大きさで勝負したがるアナログ派

年金の仲間にだってある格差

幸せの重ね着をして風邪をひく

晩学は気合だけでは身につかぬ

自画像はどこから見ても裕次郎

戒名をつけてやったと飲みにくる

サザエさんどこか似ているうちの妻

浮かれてはおれぬ時間は休まない

炎上はないが種火は胸にある

うたた寝に明日こそはとストレッチ

困ったらヘラヘラぼけたふりをする

長靴で降りた羽田の青い空

一緒くたにされて老人Aの組
ばあさんになっても素敵泣きぼくろ
ワクチンを打って小さな虹がたつ

腰痛になるときまって人が来る

ブルドーザー昔話を踏み潰す

五十年まるで土着の顔になる

枯れそうな心に猫の舌ザラリ

掴むほどない髪の毛をセットする

骨太の案に小骨がつきささる

同窓会みんな優しい顔になる

初期化して人生三度生きてやる

車イスこいで天狗は駆けつける

老いてなお父はやっぱり傘である
我が半生ちょっとおまけの銅メダル
幸せは日々の茶碗の中にある

あとがき

川柳を始めて、十年が経ち、何か形を残しておきたいと思っていた時、新葉館出版から川柳マガジン二五〇号記念の川柳句集の話をいただきました。

思わず私でいいのですかと、問い返しましたが、恥はかき捨て、思い切って句集に挑戦することにしました。

川柳への取り組みは、養護施設の中学浪人生との関わりからでした。新聞やテレビのフォト575への投稿を二人で楽しんだものです。彼は無事高校に入学し、川柳は施設の子たちと取り組むことにしました。子どもの入れかわりはありますが、子どもたちとの取り組みはずっと続いています。

新聞への投稿を中心に川柳に取り組んでいましたが、近くに川柳会があることを聞き仲間に入れてもらい、番傘にも加入し、大会にも参加をしてきました。

私には、気のきいた句や難しい句は作ろうとしてもできません。そこいらにある木屑をみて、ひとりでニヤニヤしながら、楽しみながらの句づくりです。

教師生活初年の頃、関わっていた特別支援学級の子（今は還暦を過ぎています）が、新聞に私の句が載ると必ず電話をくれます。今日の句は五十点ですとか、今日の句は難しくてよくわからんですとか、的確な評をしてくれます。私の師匠のような人です。

彼女が、今日の句はよかったですと言ってくれるような誰もが分かる楽しい句を目ざし、肩ひじ張らず、木屑が楽しいと思えるような句づくり、歳のとり方をしていきたいものだと思っています。

二〇二三年一月吉日

田中堂太

●著者略歴

田 中 堂 太（たなか・どうた）

本名　三代正

1948年　島根県日原町に生まれる

（現 津和野町）

2009年　新聞初投稿

2010年　本庄川柳会入会

2011年　八束川柳勉強会入会

2012年　番傘川柳本社誌友

2015年　番傘川柳本社同人

2020年　川柳マガジン初投稿

2020年　はばたき川柳会入会

現在　島根県松江市在住

令和川柳選集

木屑の夢

○

2023年 2 月19日　初　版

著　者

田　中　堂　太

発行人

松　岡　恭　子

発行所

新　葉　館　出　版

大阪市東成区玉津1丁目9-16 4F　〒537-0023

TEL06-4259-3777㈹　FAX06-4259-3888

https://shinyokan.jp/

○

定価はカバーに表示してあります。

ISBN978-4-8237-1186-2